제옥 시집

초판 발행 2017년 11월 9일

지은이 제옥

펴낸이 안창현 **펴낸곳** 코드미디어

북 디자인 Micky Ahn

교정 교열 백이랑

등록 2001년 3월 7일

등록번호 제 25100-2001-5호

주소 서울시 은평구 갈현로 318-1 1층

전화 02-6326-1402 **팩스** 02-388-1302

전자우편 codmedia@codmedia.com

ISBN 979-11-86104-70-5 03810

정가 10,000원

초라한 슬픔

제옥 시집

지금
은목서 천리향이
온 천지에 피어 날고 있다.

눈을 감고
그 내음 따라 거닌다.

숨을 내쉬어 본다.
이 가을을
가슴 깊이 음미하면서…

contents

01 ——————————— 오수

봄비 —————————————— 02

contents

03 —————————— 감꽃

녹음 ——————————— 04

contents

05 ———————————— 편지

달빛 ———— 06

가끔 부는 상큼한 바람에 취해
오수나 즐겨 볼까.

- 1 -

오수

Swimming

깊고 긴 호흡을 내쉰다
인어 한 마리 '죽' 나아간다
두 손 모으고 두 발 오므렸다
숨 내쉬며 '죽' 뻗고
온몸을 감싼 물살을 가르고
미끄러지듯 나아간다

이루고 싶은 사랑
이룰 꿈
감미롭고 부드러운 물살을 가르며
'죽' 미끄러지듯 나아간다

swimming

오수午睡

입추가 지났다
하루가 다르게 커지는 풀벌레 소리
온 숲이 요란하다
산이 들썩인다
이 계절이 가면 또 어디로 갈까

시끄럽게 울어 대는 풀벌레 소리
지금은 축제 날
각각의 악기가 목청을 울린다
기쁨
슬픔의 노래
녹음의 무대는 가득하다

종일 울려 퍼지는 합주
혼을 빼앗겼다
먹구름 걷어낸 높아가는 하늘
볕은 따갑다
가끔 부는 상큼한 바람에 취해
오수나 즐겨 볼까.

한용운 생가

산이 에워싼
바람 속의 '님의 침묵'
들풀은 바람 따라 손짓하고
옥잠화 환한 미소 향기롭다.

산이 에워싼
조롱박 영글었을 생가 초가지붕
뜰 앞 백일홍
불같은 열정 '님의 침묵'인 듯

동서남북풍 마구 드나드는 대청 바람
내 볼에 입맞춤하고 전신을 휘감아
날아가 버리는 그대
옛 향기 그대로인 듯

동인들 님 그리는
시낭송 소리
잡힐 듯 잡힐 듯
바람에 스친다.

혼자서

열두 시가 넘은 시각 허겁지겁 발걸음 옮겨
옛 서울역 청사를 지나고 지하도를 지난다
지하도 이 구석 저 구석
신문지 요, 이불하고 한 장 더 얼굴 덮고
혈연 학연 지연 어느 인연도
신문지 몇 장의 인연이 더 마음 편한 그들
내 얼굴 네 얼굴 맞대하기 싫어 덮었지만
내 사람 내 집 내 동네 끝없이 달려본다
신문지 한 장 위로
모두를 내려놓은 그들

막차에 몸 싣고 내 집 찾아가는 나
지하도 서울역 청사가 그들 집
나는 내 집
너도 혼자 나도 혼자
모두 끝을 향해 가고 있다
보이지 않는 끝을 향해 달려가고 있다
혼자서 걸어야 한다
함께가 아닌 혼자 걸어야만 한다
혼자서.

소나무

거센 북풍 팔 벌려 안아주고
팔이 휘도록 눈꽃도 피우고
철 따라 갈아입는 옷도
마다하고 언제나 푸른 너
간밤엔 무슨 꿈 꾸었던가

하늘 향해 가슴 벌리고
새봄 맞으려는 너
바람과 어울려 춤도 추고
속삭임 하는, 간밤에
무슨 꿈 꾸었던가

안개 자욱한 이른 봄 새벽
간밤엔 무슨 꿈 꾸었을까
말 없는 널 좋아하는 내가
찻잔 들고 말 건넨다.

흰 눈

눈가루가 덮인다 살며시
진주처럼 청아한 흰색
눈이 부신다

온갖 흉허물 덮으려 살푼살푼 내려앉는
한없는 포용력
눈이 부신다

누가 발자국 남길까 봐
자꾸자꾸 내린다 살포시
눈이 부신다

가는 계절 아쉬워
사르르 사르르
눈이 부신다

기차역

Digital 시대
해물처럼 허우적거리며
평행선 위에서
꼬리 흔든다

플랫폼에서
눈물 흘리며
손수건 흔들던
아득한 옛 추억

정시에 넣고
정시에 토한다

거침도 주저함도 없다
산뜻한 몸 획획
기계처럼 움직이는
사람들
바쁘게 움직인다.
목적을 향해

긴 몸 이끌고

평행선 위를

미끄러지듯 꼬리 흔든다.

길손

강변 따라
철로 위 나는 로켓
숨죽인 강물 위를 달린다.
샛강엔 살얼음 빙판
매서운 강바람
사공도 자취 감추고
서산에 걸린 붉은 낙조
갈 길이 바쁘네.

눈 덮인 산천 가르며 달리는
철로 위 나는 로켓
석양에 타는 가슴
흰 눈 속에 녹아나네.

2월 첫째 날

희뿌연한 뒷산자락
능선이 사라졌다
옆 동 고층아파트
희미한 모습
바닥까지 내려앉은
부드러운 솜뭉치 같은 너

아파트 문 여는 순간
뺨에 닿는 훈훈한 바람
아직 쌓인 눈 그대로인데
계절은 2월을 알고
제일 먼저 안개 안고 왔다.

이른 새벽
봄은 자욱한 안개 이고
눈바람 사이 비집고 날아든다.

오이도

오이도행 전철에 몸 실었다
파아란 바다
넘실대는 꿈 펼친다.

종점
호객하는 남녀 그들 차 타라고
내린 곳은 블록으로 담을 친 긴 벽 앞
올라선 담 안은
시커먼 끝없는 갯벌
먹이 쪼는 물새도
사나운 부리에 검은 날갯짓

석쇠 위
오그라드는 조갯살
솔솔 피어오르는 향긋한 내음
상큼한 오이도 향한 꿈 달래준다.

청령포*

고요하다
빈 나룻배 살얼음 언 강물 위에 띄워
강가 하얀 차돌 울퉁불퉁 발길 머뭇거리게 한다.

수백 년 묵은 거송 단종 슬픔을 노래하고
관음송 갈라진 자리에 어려 있는 비애의 그림자
층암절벽의 임 향한 망향탑

동·남·북은 강물로
서는 육육봉 암벽으로 쌓였으니
절묘한 유배지
십칠 세로 마감한 생애
청령포에 서려 있네.

---

* 청령포: 강원도 영월에 위한 단종의 유배지. 국가지정명승 제50호.

어리석음

한 줌 손에 든 모래알
모두 흘러내렸다
허공에 뜬구름 잡으려다

감언이설_{甘言利說}에
더 채우려는
헛된 욕심까지

매달려 봐도
빈손만 허우적댄다
가슴 한구석 무너진다

캄캄한
안개 자욱한 가슴
언제나 환해질까
햇볕 쨍한 날
널어 말려보자

개나리

한강 따라 강둑엔
샛노랑 병아리 떼

강 건너 먼 산
노오란 안개 산

강물이 노랗다
하늘이 노랗다

샛노랑
봄 전한다.

탄천

강둑에 늘어선
하얀 꽃구름 안개

사이사이 병아리 떼
샛노랑 손짓

탄천에 그림자 드리운
연둣빛 버들가지

뒤쫓아 따라가는
사랑 나누는 오리 한 쌍

봄을 앉아서 맞이 못해
뛰쳐나온 사람 사람

탄천이 웅성거린다
꿈 보따리 풀었다.

나뭇잎마다 가지마다 풀잎마다
동그랗게 내려앉아 입맞춤하며
속삭임하는 너

- 2 -

봄비

봄 솔향기

소나무 숲 지나
산등성이 따라 오르는
두터운 털옷 걸친 사람들
솔향기 따라
봄 마중 간다
봄은 발아래 서성이는데

얼음기 머금은 바람에
흔들리는 노송
그 속에서도 봄은 찾아와
노오란 새순 올렸다
바람이 스치는 등성이마다
솔향기 가득하다

남해 들판

따가운 가을볕에 빛바랜 솜뭉치
들판은 반짝반짝 은빛으로 빛난다
서걱서걱 서걱이는 소리 바람 일구고
흰 머리카락 바람 따라 고개 숙여 절한다

낮엔 바닥 드러냈던 갯벌
아침엔 한몸 된 큰바다
저 멀리 하늘에 닿은 줄 하나
고운 햇살에 반짝반짝 은빛으로 빛난다

들판이 이룬 바다
바다가 이룬 들판
반짝반짝 눈이 부신다
물결치는 은빛 파도에
내 맘 안겨 간다.

봉정암

미시령, 진부령 고개 달리는 연도는
춤추는 코스모스 꽃길
저 멀리 굽이굽이 안개 내려앉은 산, 산,
수미산[1] 찾아간다

맑고 오묘한 빛깔 잠시 정신을 되찾는다
봉정암 산야 절정 이룬 단풍
희고 포삭한 너럭반석 위엔
신선이 내려와 춤춘 듯
절벽 타고 흐르는 은빛 물살
옥수玉水에 발 담그고
무릉武陵[2]이 여기다

신이 조각한 병풍 두른
내설악 울산바위 앞에 두고
석가모니 사리암 계단에 발원 기도하는 선남선녀
하늘의 별은 곧 잡힐 듯
쏟아질 듯

새벽 예불

구성진 염불

목탁 소리

정막을 깬다

업장 소멸하고 여기가 무릉도원武陵桃源[3]

---

1) 수미산: 불교계의 세계설에서 세계의 한가운데 높이 솟아 있다는 산
2) 무릉: 한 나라 때의 현의 이름
3) 무릉도원(武陵桃源): 신선이 살았다는 전설적인 중국의 명승지

화려한 카펫

시월의 마지막 날
불타는 가로수 위로
주룩주룩 비가 내린다.
옷깃을 여미게 한다.

흠뻑 물 먹은 나뭇잎
어지럽게 몰아치는 바람에
무거운 몸 내려 앉힌다.
발아래 촉촉이 밟히는
화려한 카펫

젊은 날의 꿈
못다 그린 그림
엉킨 실타래 끝 찾으며
시월의 비 내리는
카펫 위를 걷는다.
허허한 맘 달래며.

강물

굽이굽이 돌아 흐르는 강물
잔잔한 물결 강변을 철썩인다.
고개 숙여 하늘거리는
빛바랜 새하얀 머리
은빛으로 찰랑인다
산 그림자 보듬어 보고
달과 별 어우러져 춤도 춘다

굽이굽이 돌아 흐르는 강물
철 따라 오가는 철새 구성진 울음
달리는 기차 기적 소리
멀리 꽃향기
강 위를 뒤덮는다.

굽이굽이 돌아 흐르는 강물
배 띄워 시름 달래는 강물
뱃길 따라 노 젓는 사공의
설움도 나누며
쉬어가는 강물.

봄비

앞산 능선을 흐리게 하고
내려앉는 희뿌연한 네 자태
나뭇잎마다 가지마다 풀잎마다
동그랗게 내려앉아 입맞춤하며
속삭임하는 너

똑똑 떨어지는 맑은 음성
유리창에 입 맞추고
또르르 몸 굴리며
하얀 줄 긋고
맑게 손짓하는

목마른 대지
구석구석 찾아가 목 축여주고
소근대며
봄 노래 부르는

대지는 가슴 활짝 열고
너를 마신다.

시냇가 수양버들

부슬부슬 봄비 물안개 만들고
길게 흘러내린 가지에 입맞춤한다
살포시 눈 뜨는 연둣빛 물안개
너울너울 손짓하며 봄 실어 나른다

안양천 향해 흐르는 냇물
냇가 수양버들
솜뭉치처럼 피어오르는 고운 자태
봄은 성큼성큼 냇가에서 피어오른다
부드러운 몸짓으로 봄 실어 나른다

새봄

눈얼음덩이 아래
초록을 잃고 쓰러졌던 그가
실개천가 언덕배기 파릇파릇 점 찍었다

한 겹 한 겹 동토의 옷 벗기는 따스한 햇살
대지를 넘나드는 훈훈한 바람
잎끝에 스친다

이른 아침
물 올리는 나뭇가지 푸드득
쩍쩍 새들의 소란

춤추고 싶은 봄날이다

춘삼월 폭설

기어코 한바탕 뿌렸나
싫어 싫어 흘린 눈물
산은 흰 꽃밭 이고 있다
떠나는 그가 흘린 눈물
얼마나 분해 저리도 흰 피 토했을까

아직도 삭이지 못한
회색빛 하늘
가지마다 하얀 솜 털옷 입고
노송은 함박꽃 피웠다

그래도 봄은 찾아온다.

쓰러진 소나무

푸르게
죽죽 뻗어 서 있는 소나무
솔향기 가득한 산자락
그 곁에 쓰러진 소나무 한 그루

거미줄처럼 뻗어 나온 뿌리
수많은 발자국에 밟히고 밟히었다
쓰러진 한 그루 소나무 동맥까지 아프다
뼛속까지 아려 든다

우주만물은 죽고 사는 법
네 삶이 거기까지라면
죽고 삶이 윤회하거늘
솔향기 영원하리
저 산자락.

담쟁이덩굴

바람에 구르는 오그라든
담쟁이 손바닥

푸르고 튼튼한 벽
싱싱함을 뽐내던 부드러운 손길
윤기 나는 손바닥 쫙 펴고
바람 따라 내밀던 고운 손길
좋은 시절 모두 보내고
물기 마른
낙엽 되어 뒹군다.

담장에 찰싹 붙어
거미줄 친 덩굴
푸른 옷 깡그리 벗은
앙상한 거미줄
긴 겨울잠 자고
새봄 맞으면 푸른 손바닥 활짝 펼
아름다운 손
평화의 벽 만들 너를 기다린다.

십이월

달랑 한 장 걸렸다.

그 많았던 나날
무엇으로 채우나 했었는데
이룬 것 하나 없이
모두 지나가 버렸다
홀로 남은 한 장
무엇으로 채울까
채우려 애를 써도
가볍게 나르는 얇은 상념들
찰나로 사라진다.

비 갠 겨울밤

주룩주룩 내리는 겨울비
비 그친 싸늘한 밤
하늘은 호수처럼 맑고 푸르다
호수 속에 쏟아진 별빛은 은빛 물결로 반짝인다.
다락방 틈새 흘러드는 푸르디푸른 달빛
가슴 깊이 끌어안고 입 맞추며 그리움 달래본다
식어들 줄 모르는 이 뜨거운 가슴
연에 매달아 겨울밤 하늘에 높이 날려나 볼까

창 넘어 멀리 홀로 선 외등
칵테일 한 잔 기울이며
떠나보낸 옛 연인의 얼굴 수채화로 띄워 본다.
짝 찾는 고양이 애달픈 울음소리 적막을 깬다.
희미한 외등 아래 살금살금 발자국 남기는 고양이
달빛에 그림자 뛴다.

純白의 강산

그늘 벗어나 안기는 새하얀 강산
소리 없이 휘날리는 흰 면사포
백설기 곱게 안치고 있는
純白의 가슴 황홀해진다

구겨진 가슴
부러지고 찢기고
우울했던
소리치고 싶었던
모두를 덮고 있는
찬란한 은빛
눈부신 흰 빛깔

핑 도는 눈가 은물 방울

감나무에
초롱 등 매달렸다
하얀 꽃 등불 켰다

- 3 -

감꽃

아침을 연다

새들은 수풀에서 우짖고
산은 녹음을 자랑하고
붉은 태양은 먼 산 위에 솟아오른다
맑은 공기는 가슴 깊이 드나들고
부드러운 음악이 흐른다

뚜루룩 뚜루룩
쨍 쨍 쨍
깍 깍 깍
오케스트라 연주 중
삐익 삐익 삐익
삐 삐 삐

쌩-
쏴아-
코끝에 닿는 공기
쌩-

산은 붉은 태양을 토한다
노오랑 야생화가 배시시 웃으며 손짓하고

모락모락 김이 나는 茶 한 잔

조용히 흘러나오는 Beethoven의 piano sonata.

유월의 녹음

비가 주룩주룩 쏟아진다
유월의 새벽 비가 천둥번개
천지를 뒤흔든다
나무는 놀라 전신을 비튼다
죄어든 가슴 비에 젖는다
새벽 인사 나누던 새들
작아진 가슴 어느 잎에 감추었나
흠뻑 젖어 든 유월의 녹음은
온 산을 들고 있다
네게 붙은 비늘 다 날리면 너도 외로움 탈까
다시 올 청춘을 꿈꾸며 가슴 떨고 있을까
나목의 나를 바라보며 얘기할 수 있을까

아카시 꽃

흰 꽃구름 떴다
실바람에도 하늘거리는
맑디맑은 꽃잎
해맑은 네 얼굴 눈이 부신다
살랑거리는 바람의 손끝으로
수줍음 타는 아카시 꽃
꽃향기 날린다
네 향에 취하고
하늘거리는 교태에 빠져
넋을 놓고 서 있다.

장미 널 닮고 싶다

발그스레 미소 머금은
말없이 보내는 따뜻한 웃음
널 닮고 싶다

온 방 안 가득
네 고운 향기 취하게 하는
널 닮고 싶다

마디마디 가시로
상한 네 가슴
삼키지 못하고
내뱉는 용기
널 닮고 싶다

한아름 듬뿍 널 안았다
그 미소 그 향기 속에서

성복천

안개 내려앉은 사이로 새벽을 연다
성복천을 걷는다
뺨에 닿는 상큼한 실개천
길섶 따라
이름 모를 온갖 잡초, 풀잎
코스모스, 달맞이꽃, 패랭이,
수없이 많은 각각의 얼굴들
손짓 눈짓으로 반긴다

용트림 솟구치던 물살은 간데없고
잔잔한 노랫소리 찰랑인다
흐르는 물 위 여유 부리는 오리 떼
목 빼고 먼 곳 응시하는 네 눈빛

개천 따라 가는 길
밝아 오는 햇살과 함께
가득해졌다
사람, 사람, 자전거, 강아지.

감꽃

감나무에
초롱 등 매달렸다
하얀 꽃 등불 켰다

한줄기 장대비
감나무 밑에 흰 꽃밭 이루었다

아이는 바구니 가득 채운다
실에 하나, 둘 꿰인 감꽃을

하이얀 화관 쓰고
새하얀 목걸이에
흰 꽃바구니 들고

사뿐사뿐 걸어간다

계절

녹색의 푸른 옷 벗으시고
누런 황금빛으로 갈아입으셨네
아름다운 山이여
조이 되셨습니까!
머잖아 나목이 되시겠죠

빠른 시간의 흐름
붙잡아 매려니
쏜살같이 달아나네.

먹구름

붉은 섬광閃光 다발사 여기저기
우루룽 쾅쾅 꽝 꽝 픽 꽝꽝
우루룽 펑펑 꽝 꽝 꽝
숨 쉴 틈 없이 쏟아붓는다
물 물 물

아스팔트 덩어리가 물살과 함께 미끄러지듯 움직인다
상류로부터 떠내려온다
페트병 스티로폼 나무토막 신발짝
흙탕물 토한다 성복천

문마다 잠그고
소등한다 전열품은 모두 off
하늘의 뜻에 맡겨본다
장대비 소리 쫘 쫘 쫘아-

다시 하늘은 구름 몇 점
바람은 씽씽 쌩생-
나머지 구름 날리기 바쁘다
성복천 몸살 앓고 있다

삼각주 쓰레기 평야

물살 고함 지른다

콸콸 꾸르럭 꾸럭 콸콸 왕왕

복구復舊 기다리며 철렁철렁.

새벽 숲

먼동이 튼다
희뿌옇게 산 능선
둥지를 차고 나는 새들의 아침 인사
묵묵히 선 나무
너와 나도 아침 인사한다
너는 나의 벗
나는 너의 벗
난 너를 닮고 싶다
난 너를 닮아 가고 있다
묵묵히 서 있는
너와 나.

낙엽을 밟으며

나뭇잎에 곱게 단풍 든다
낙엽 되어 그네 탄다
낙엽이 보도 위를 뒹군다
쌓인 낙엽이 발아래서 바스락거린다

인생의 황혼기에 서서
삶의 아름다움을
노래하고 싶어진다

새봄엔 힘차게 돋아날 새순이
푸르름으로 풍성해질 널 기다려 보련다
낙엽을 밟으며.

11월에 즈음하여

찬란히 물들던 나뭇잎은 그네를 타고
목 놓아 울부짖던 풀벌레 소리는
흩날리는 바람에 잦아든다
산은 마지막 정열을 불태우고
여인의 목엔 긴 머플러가 흘러내려
소복이 쌓인 낙엽은
내 발아래서 바스락거린다.

November!
내 황혼 같은 달
남은 장 뒤엔 아름다운 새해가 기다린다
인간은?
어쩌랴! 바람에 날리듯 맡길 수밖에
그네 타는 나뭇잎처럼
아직은 찬란하다 아름답다 November!

이월의 봄 소리

새초롬 토라졌다. 눈 흘김 잦은 이월
구름인지 안개인지 자욱하다
아스팔트, 보도블록에 배어난 물기
촉촉한 흙이 밟힌다
가로수 밑동 감싼 짚이 축축하다

가지마다 물오르는 소리
천지에 물오른다
바람은 후려쳐 잠든 나무 깨운다
쌀쌀거려도 훈훈한 그
꽃봉오리 틔우겠다.

노인이 강아지 앞세워 츄리닝 차림으로 걷는다
돌아올 청춘을 기약 못 하는 노인
기지개 켜는 이월의 봄 소리라도 들어야겠기에.

계절의 순환

가지만 쭉쭉 뻗은
담갈색 나무들
새하얀 꽃송이 피웠다
설국의 동산 눈이 부셨다

가지마다 수줍음 타는 연둣빛 잎
막 씻은 환한 얼굴
송홧가루 휘날리는 솔잎 사이로
여기저기 손짓하는 아카시 꽃
그 향기 끝 간데없다

오뉴월 뙤약볕에
쉬어가게 하는 숲속
시원한 바람에
만면에 웃음 주는 숲

떨어지는 붉은 물방울 하나로
불타는 숲 이루고
마지막 열정을 태우면
모두를 내려놓는 나무

능선 따라 오가는 이 보인다.

자연의 섭리

풀벌레 소리

휘영청 달은 유난히도 밝다
자정을 넘은 시각
풀벌레 소리 요란하다
이 밤을 삼키겠다
목청 돋구어 울부짖는 소리
얼마나 슬퍼서
얼마나 그리워서

내 유년에도 이런 날 있었지
그때는 어머니와 팔베개하고
평상에 누워
중천에 뜬 달 쳐다보며
풀벌레 소리 뛰어넘는
노래 불렀지
뜸북 뜸북 뜸북새…

맘껏 뽐내고 한껏 누려라
오월의 녹음은 청춘을 노래한다

- 4 -

녹음

자화상 1
- 시간과 나

째깍째깍 또박또박
종종걸음 째깍째깍

철벅철벅 동동걸음
끝없이 날 쫓고 있는 너
어느 순간 나도 널 쫓고 있다
동고동락한 너와 나
떠밀고 밀려온 순간들
시간의 흐름은 나의 영혼
째깍째깍 뚜벅뚜벅
시간의 흐름은 나의 세월

자화상 2

시간을
붙잡으려고
앞질러보려고
온 힘을 다해서 달려보지만
손끝에서 멀어지는 순간순간
저만치 달아난 너

허덕이며 달려온 지금
서리 앉아 휘날리는 머리카락
실개천 골이진 얼굴
마디마디 삐걱거리는 소리

이젠
흐름 따라
느긋이
너를 따르런다.

숲 1

오니 아느냐
가니 아느냐
뭐라 말 좀 해다오
하기야 침묵하는 네가
더 사랑인지

간다고 서러워하고
온다고 반기는
떠들썩한 나보다
침묵하며 지켜보는 네가
진정 내 벗인걸.

숲 2

오뉴월 염천이라고
손끝 하나 움직이지 않는 너
짙은 녹음은 위압하듯
대지를 짓누르듯
당당하구나
새벽잠에서 깬 새들
여기저기
음색 조율하기 시작한다.
곧 숲속 오케스트라가 시작될까
더위를 날려 보낼.

녹음 綠陰

오월의 녹음은 스무 살 청년이다
산에도 들에도 쏟아 놓은 녹음
위풍도 당당한 빛나는 청춘이다
맘껏 뽐내고 한껏 누려라
오월의 녹음은 청춘을 노래한다

통영 대전 고속국도를 타고

함양 산천 깊은 계곡
감히 그 위를 지난다
양쪽으로 병풍 두른 산 산 산
잘린 절벽 타고 휘휘 감긴 등꽃
포도송이처럼 매달린 보랏빛 꽃송이
철없던 시절 보랏빛 꿈 스친다

함양 산천 깊은 계곡
소백산맥 능선 끼고 돌아간다
곧 청년이 될 연둣빛 산 산 산
오월의 푸르름을 장식하려 새 단장 서두른다
막 샤워가 끝난 풋풋한 얼굴들
풀향기 꽃향기 바람 타고 나른다
이루지 못한 내 꿈.

4월의 산야

소나무 숲속 듬성듬성
한겨울 나목으로 버틴 너

가지마다 포릇포릇 새순 밀어 올린
순연의 네 자태

간밤에 내린 봄비
여린 연둣빛 구름 안개 피었다

靑靑 솔숲과 어우러진
여린 연둣빛 구름 안개꽃

흔드는 바람결에
이리저리 고개 숙여 절한다
바람 손짓 따라 흔들리는
처연한 네가 좋아

나 너처럼
바람에 순응하는
산속 숲이었으면

낙동강변에서

가득 찬 강물
고요한 수면
물 위 나르는 물새
동그라미 번져나간다

싱그러운 녹음의 웃음소리
녹음 들판 환히 밝힌
찔레꽃 아카시 꽃
수줍음의 손짓으로
얼굴 가리기 바쁘다

꽃향기 나르는 강물 따라
내 마음도 흐른다.

봉녕사

소나무 숲 따라 펼쳐지는 오솔길
산이 병풍 두른 분지에 자리한 봉녕사
여러 개의 절사가 모여 웅장한 절
비구니 손길이 구석구석 반짝인다.

꽃향기 속 봉녕사
정원 가운데 자리한 노오랑 튤립의 향연
자목련은 붉은 가슴 터뜨렸다
황매화 설유화는 웃음으로 손짓하고
담장 사이사이 오솔길 변엔 불길 이룬 영산홍
라일락 향기는 바람 타고 춤춘다.

활짝 열어젖힌 대웅전
두 손 모아 합장하고 눈 감으니
찰랑이는 풍경 소리
극락이 마음 안에 일렁이고
가슴은 하염없이 촉촉이 젖어 든다
이렇게 살면 되는 것을

큰 북 앞에 비구니 법고를 친다

온갖 번뇌 망상
북소리 함께 날아간다.

남섬 Crist Church에서 Milford Sound로 가면서

희뿌연한 아침
하늘 같았던 바다의 연출演出
산 아래 허리띠를 두른 구름층
산꼭대기는 아직도 눈 덮인 설산雪山
대 초록 평온平溫의 들 가운데를 달린다.

산과 들엔
샛노랑의 향연饗宴
춤추고 노래하는 개나리꽃 무대
라벤다 향으로 뒤덮인 길이다.

초록 비단결의 들판에
점점이 흰 양 떼
언제나 차려진 밥상
고개는 초록 들판에 묻고 오물거리는
서두를 것이 없는 그들
어미가랭이 사이에서 젖을 빠는 새끼 양
유유히 노니는 양 떼

곱고 예쁜,

행복한 모습에
가슴이 멍해진다.

양떼

비단 이불 곱게 펼쳐진 끝없는 자락
점점이 박힌 하얀 솜뭉치들
고개는 푹 파묻고
입은 쉴 새 없이 오물거리고
느릿느릿 걷기도 하고
가끔은 멍하니
먼 산 바라도 보고
어질디어진 순한 그들
아름다운 들판에 노니는 너희들
마냥 네가 부럽다

불꽃놀이

광안리 앞바다
불꽃이 하늘을 수놓는다.
환희 정열 열정
백사장에 운집한 군중
희망 기쁨 흥분

펑 펑 펑 열정이 튄다.
번쩍 번쩍 번쩍 가슴이 벅차오른다.
열망한다 와~ 와~
흥분의 도가니 속
저마다 순간을 붙잡아 매려고
반짝반짝 여기저기 바쁘다

불꽃이 사그라지듯
싸악 빠져나간 빈 백사장
텅 빈 가슴

공허하다.

바다

달려오고 밀려나고
무수한 반복으로도
사라지지 않는
상처
얼마나 기다려야 아물어 들까

태산 같은 검푸른 힘
달려가 안고 쓰러지기를 수없이
언제
흔적도 없이 사라질 날 올까

흰 거품 토하고
잔잔한 물결 안고
기약 없이 물러나는 아픔
그 가슴
평온할 날 올까

햇볕 쨍한 날
바람이 잠든 날
언제면
그런 날 올까

추석

푸르고 높은 하늘
들국화 흐드러지게 피었다
빨간 고추잠자리 어지럽게 날아
누렇게 물든 벼이랑 물결친다
붉은 감은 주렁주렁 가지가 휘도록
가을을 매달았다
떡잎 든 콩밭
지붕 위에 새빨간 고추 널렸다
풍요롭다 천지가

고향 찾았던 아들딸 차엔
누렁덩이 호박
푸른덩이 박
쌀자루, 찐쌀자루
참깨, 들깨기름병
감나무 가지 꺾어 앉힌다.
할머니 할아버지
동네 이웃사촌들
골목이 비좁다
사랑 가득 싣고 달린다.

빈 들판에 나 혼자 오롯이 서 있다
너도 가고 그도 가고
나의 양어깨가 되었던 너희

- 5 -

편지

하얀 사랑

높아만 가는 가을 하늘 바라보면
아득히 먼 옛일에 가슴 뜨거워지고

서늘한 바람결이 내 살갗에 닿으면
가슴이 아려오네.

먼 날의 붉고 푸른 가슴
이 바람에 날려 보내고

하얀 사랑만은 남겨 두련다.

가을나들이

남해 다랭이마을을 찾아 가을바람과 함께 길 떠났다
달리는 차창 가에는 함박웃음 띤 코스모스 가냘픈 손
짓으로 반긴다.
강과 바다가 만나는 물가엔 갈대가 서걱서걱 소리 내
어 울어댄다.

다랭이 밭두렁에
한 줄로 늘어선 허리 굽은 노인네들
빠른 손놀림으로 종자를 심고 있다
마늘일까, 김장 배추 씨앗일까?

고추잠자리는 어지럽게 빙빙 돈다.
담장 넘어 늘어진 감나무 가지 군침 삼키게 한다.

아, 가을이구나.
성큼 내 앞에 다가선 가을!

바람 따라 나선 발걸음
지금 이대로 지평선 향해
너랑 함께 날아오르고 싶다.

군자란

환한 웃음
수십 년을 두고
잔설이 녹는 날
배시시 웃는 네 모습

지난날은 어머님이 널 돌보았지
잘라내고 닦아주고
뿌리 나누고
흙 덮어 물 주고

춘삼월
임 향한 네 얼굴
널 바라보는 내 마음
주홍빛에 물든다.

메밀꽃 핀 들판

홍전천 펼쳐진 메밀밭
파도 일렁인다

바람 소리에 놀라
떨고 있는 꽃대
물결친다.

하얀 꽃나비가
끝없이 나른다
구름에 꽃 그림자 넘실거린다.

창문 속 녹음

사각 창틀에 들어앉은 녹음
19층 눈높이의 숲
보이지 않는 뿌리
싱싱한 숲
내 장년에도
너처럼

사각 창틀에 들어온 숲
내 눈 속에 꽉 찬 숲
가지가 없는 숲
청춘의 낭만과 아름다운 생명력
내 장년에도
너처럼 푸르렀다.

안개 1

새아씨 걸음걸음
하늘하늘 내려온다.
살포시 내린다.
가지마다 잎새마다 촉촉이 젖어 든다
머잖아 초록의 향연 벌이겠다.
희뿌연 물방울 능선을 가린다.

새아씨 걸음걸음
하느작하느작
살그머니 내린다.
가지마다 잎새마다 기뻐서 춤춘다.
고운 햇살 찾아들면
싱그럽게 푸름을 자랑하겠다.

아직도 내린다.
조용조용히
산이 사라졌다.

안개 2

단비가 내린다.
먼바다는 바로 앞까지 자욱하다
교각 위 차들은 아스라이 사라진다.
가끔은 두 눈을 부릅뜨고 달아난다.

배 한 척 항구로 들어온다.
바람 부는 넓은 바다
만선일까

열린 차도
꼬리에 꼬리를 문 차
달리다 서다 반복이다.
윈도의 브러쉬는 가쁜 숨을 내쉰다.

정지된 바다 바다는
아직도 희뿌옇다.

안개 3

안개 속을 걷는다
길이 보이지 않는다
길이 흔들린다.

봄

아직도 널 보내기 싫어
차가운 바람이 뺨을 친다
얼음조각이 튄다
씻어 넣은 패드바지 꺼내 입는다
떠나기 싫어 몸부림치는 너를 위해

올해도 잊지 않고 찾아온 내 벗
산수유
개나리
벚꽃
놀란 가슴 움츠리며
입술 다물고 조용히 고개 숙인다

봄 향기 전하는 내 벗들
심술부리는 꽃바람
떨리는 가슴 안고 바라본다
우리 한바탕 무지개 옷자락 날리며 어울려 보자

손녀의 수능시험장 앞

북 소리
우렁찬 고함 소리
선배를 응원하는 함성
모두 최선을 다하라

징 소리
우렁찬 노랫소리
후배의 열띤 응원의 노래
모두 한순간도 놓치지 말아라

사람들이 점점 많아진다
걸어오는 아이, 택시로 오는 아이, 자가용으로, 오토바이로.
호루라기 소리, 더욱 우렁찬 노랫소리
교문 앞의 초조한 부모님들의 기도 소리

성아는 들어갔을까.

언니

언니 그간 안녕하셨어요?
아저씨께서도 건강하신지요?
여기로 옮겨 앉은 지도 꼭 석 달이 되었는데
아직도 낯설고 물 위에 떠 있는 기분이랍니다.
입동의 문을 열고 한 발자국 들여놓아서인지
바람은 을씨년스럽게 일고
짙푸른 바다는 물비늘 일렁입니다.
밤하늘에 아름다운 광안대교 아래위 역逆으로 붉은 줄 긋고
달아나는 차車들

철철이 화려하고 기품氣品있게 차려입고
나를 반겨주던 광교산이 그립습니다.
새벽 눈만 뜨면 찻잔 들고 마주하며 수많은 얘기 나누던 산.
내 가슴의 희로애락喜怒哀樂을 함께한 산, 많이 보고 싶답니다.
머잖아 소복소복 소리 없이 하얀 눈이 내리겠습니다.
그 고운 모습, 가슴이 저려 듭니다.

언니랑 둘이서 분위기 있는 곳 찾아다니며 식사하던 일,
우리는 시간을 잘 지켰고,
끝없는 얘기꽃으로 시간의 흐름을 잊고 있었습니다.

저를 만날 때 언제나 우아하게 성장하셨던 언니,

이멜다 여사처럼 멋스럽고 당당하셨던 언니가 오늘은 유난히 생각이 납니다.

언제 한 번 시간 만들어 오세요

여고 시절의 해운대와는 아주 다르게 변해버린 해운대를 구경하러 오십시오.

언니 항상 건강하시고 가정에 행복이 가득하시길 빕니다.

2010. 11. 20. 옥이 드림.

편지
- 친구를 보내면서

수십 년 앞뒷집에서 함께했던 너와 나
네 미모에 반해 넋을 잃었던 때도 있었고
너 아팠던 세월에 눈물 훔치던 때도 있었다.
네 굴곡의 세월에 한발 물러서 바라만 보기도 했다

내가 그곳을 떠난 후 어느 날
네가 내 곁으로 온다는 소식에
너와 나의 인연 고리에 놀라면서 기뻤다

함께한 시간
대원사, 음악회, 영화관, 밥 먹고, 차 마시고,
뒹굴며 늦은 밤까지 도란도란
무심한 내 행동에 토 달고 불꽃 튀는 언쟁
그래도 다시 이름 부르며 끝없는 얘기

고향 찾아간다는 네 소식에
가슴 한구석이 "쿵" 소리쳤다
네 단호한 결단의 용기에 또 한 번 놀랐다
내가 먼저 떠날 줄 알았는데
곧 떠날 줄 알았었는데

이곳과의 인연 아직도 남았나 보다 내겐.

빈 들판에 나 혼자 오롯이 서 있다
너도 가고 그도 가고
나의 양어깨가 되었던 너희
그렇게 자주 만나지도 않았는데
더 자주 만났어야 했었는데.

영감

거창군 북상면 금곡리 181번지.
나 여기 왔소, 당신의 고향.
지금에서야 이곳에 왔소.
살면서 날 한 번도 데려가지 아니한 곳
뭘 그렇게도 감추고 싶었소?
오십 년 전 여기는 깊고 깊은 오지.
교통이 불편하였다오.

덕유산 산자락이 병풍 친 속.
넓고 깊이 펼쳐진 평온한 들판이 이룬 마을
조선조의 정은이 한양을 버리고, 이곳에서 초근목피로 연명
하신 곳
너럭바위에 앉아 시를 읊었던 임예지,
충절과 기개가 드높았던 지리산의 인물 조식, 황현
올곧고, 깐깐한 기상이 당신을 대하듯 하고.

월성계곡 따라 신선이 노닐었다는 강선대에 닿으니
굽이굽이 흐르는 냇물의 울부짖음은 당신을 향한 내 가슴속.
냇물 속에 솟은 사자, 돌고래 모습의 화강암들에 새겨진
용(勇)자를 보는 순간

앨범 속 당신이 떠올랐소.
(친구들과 바지는 둥둥 걷고, 상의는 벌거벗었고, 등은 勇
자 새겨진 사자 등에 기대고 양팔은 쫙 벌린…)

너럭바위 위에 앉아 장관인 계곡을 멍하니 바라보는 이들,
곧 시 한 수 읊을 듯,
흐르는 냇물에 새하얀 발을 담그고 땀을 식히는 관광객들,
어깨까지 차는 냇물에 뛰어들어 물치기 싸움놀이하는 청
춘남녀들,
저 많은 사람들 속에서 당신 얼굴 찾고 있다오.

계곡 따라 펼쳐지는 들판엔 정자나무, 물오리나무, 붉은
노송은 하늘을 가렸소.
간간히 물보라 일고, 솔향기 코끝을 스치는,
바람은 일고, 내 팔엔 살얼음 돋네요.
이젠 너와 나 외엔 아무도 없소!
토라져 보다가, 꼬집어도 본다.
언제쯤 이렇게 솔바람 따라 날아갈 날 올까!
들판엔 지금 바람이 인다

딸에게
- 생일 축하

올해는 유난히 덥더니
오랜만에 단비 내렸다

밤새 풀벌레 소리는
잦아들 줄 모르고
산은 온종일 시끌벅적하다
팔월 스무이레를 향한 달빛은
가느다란 쪽빛
차갑도록 푸르다.
아침저녁 제법 싸—하게 이는 바람
가을이 왔음 일러 준다

좋은 계절 좋은 시절에
온 가족과 함께하는
축하의 웃음소리 들린다.

주위는 칠흑
아무도 모르게
너랑 나랑 속마음 열어보자
이 밤이 다하기 전에.

- 6 -

달빛

세월의 흐름

어릴 때는 겨울을 좋아했다.
순백의 가루가 바람에 날리며 온다.
아이들은 나르는 눈을 잡으러
나비처럼 이리저리 달렸다.

지금은 바람이 창을 때리는 겨울…
해는 서산에 걸렸고
손발이 얼고
밖을 뛰노는 아이도 없다.

나는 따끈따끈한 아랫목이 생각난다.
빨리 봄이 오기만을 기다린다.
늙음이 뒤쫓아 오는 걸 잊고…

그리움 1
- coat

고운 姿態 멋진 感覺의 女人
괴로움과 고통은
훌훌
쏜살같은 시간의 흐름 속에
실어 보내시던 어머님

가닥 많은 나뭇가지
잎 성盛할 순간이 드물었건만
볕 나면 쬐고
바람 불면 흔들리고
언제나 거기 당당히 서 계셨던 어머님

코스모스 들판 속에서
백발의 少女가
마냥 좋아라시던
버버리 coat가 잘 어울리셨던 女人

올해도 나는 그 들판에 서서
버버리 coat 그 女人을 그려봅니다.

그리움 2
- 당신의 빈자리

바다가 내려다보이는 곳
사월의 화사한 여인 벚꽃이 이룬 터널 끝
이른 새벽 푸드덕거리는 느티나무 둥지 아래
초록의 바다가 잠이 든 곳에 그대가 있다.

난에 물을 주고
집 안 구석구석 둘러보던
당신의 빈자리가 그렇게 커 보일 수 없다.

작열하는 여름 쪽마루에 돗자리 펴시고 잠든
손등 푸른 물줄기가 더욱 굵어지고
새하얀 모시 적삼 빳빳이 풀 먹여 다려 입은
늘어져 처진 팔 흔들리면서 부채질하던
"칠, 팔월 건들매"라며 솜 이부자리 준비하던
겨울이면 살얼음 언 단술 양푼이 들고 한 쪽자씩 떠 먹
여 주던 당신.

APT 담장 밑 샛노란 개나리는 봄을 찾아 다시 왔건만
왈칵 쏟아지려는 물기 고인 눈으로 물끄러미 바라다
보던 당신

세월은 당신의 청춘을 되돌려 주지 않고
굽어진 당신 등이 언제나 가슴 찡한.

Canada에서 좋은 공기, 물 많이 드시고 부디 건강하소서.

그리움 3
- 당신 손길

어머니
제 손이 닿지 않는 먼 곳에서 잘 계시나요.
화사한 봄날 담장 따라 가득 핀 장미
연노랑 장미 몇 송이 꺾어 흰 나지막한 수반에
꽃꽂이하시던 고운 손길
밭틀 위에 앉아 열 식구들의 옷 지으시던 따뜻한 손길
덜커덩거리는 밭틀 뒤에서
힘껏 당기고 있던 제 고사리손 기억나세요.
커다란 쇠솥에 솔가지 지펴
계절 따라 우거짓국, 추어탕, 토란국, 동지팥죽, 호박죽
그 많은 식구들의 음식 지어내시던 요술 손맛
팔월 열나흘 휘영청 달 밝은 밤엔
뒷마당에 덕석 펴고 반죽해주신 떡 양푼이에 온 식구
둘러앉아
송편 빚고, 연신 솔잎 층층이 깔아 쪄내시던 날렵한 당
신 손길
깊은 밤, 이른 새벽 눈 떠 보면
어깨에 이불 한 자락 걸치고 뜨개질하시던 당신 모습
아직 더 자라며 이불 덮어 토닥여 주시던 포근한 손길
굵은 손마디, 투박한 당신 손

이제는 조금 편히 쉬는지요.
그리운 당신, 보고픈 당신께
한 발짝씩 다가가고 있어요.

그리움 4
- APT

APT 문 나서면
어머니와 함께한 꽃길
벚꽃이 이룬 터널 속 지나
밤새 새가 잠잤던 느티나무

그 아래 앉아 봐도 이제는 혼자
언덕길 따라 해변에 닿아
조깅하는 무리 속
당신 그림자 찾고 있네요.

이렇게 그리울 줄 알았더라면
"함께"를 말 것을…

그래도
오늘도
그 꽃길.
느티나무 아래
해변을 걷는다.

행여 하는 마음에…

어머님 잠드신 곳
- 신불산 공원묘지

사방을 휘장 친
출렁이는 녹색 바다
까아악 깍 깍 짹짹
새들은 공중 무희舞姬 중
잡초 이고 주인 기다리는
만발한 가화假花
덩달아 빈 웃음 날린다

전신을 비틀어 바람 일구는 당신
내 가슴 적시는 구슬픈 흐느낌
한세상 이렇게 바람에 간다
당신 보고픈 애잔한 그리움

울부짖는 내 맘 함께 허공 나른다.

그래도 웃자

여명의 시각
조간을 손에 쥐고
간단한 breakfast 후 나갈 준비
강연회 참석, 주민자치회의 기능 강의 듣기, 친구 모임,
영화 보기, exercise…
어둠이 내려 깔리기 전 둥지를 찾아 드니
하루가 갔다.

반드시 해야 할 일도 아니고,
반드시 하라는 이도 없는데
의무처럼 반복되는 일과日課

바람은 세차게 불어닥치고
옷깃은 더욱 단단히 여미며 길을 걷는
하루하루
손에 닿는 것도 없고,
삶의 goal이 보이는 것도 아니라
마음은 언제나 싸늘하다

그래도

다시
따뜻하게, 환하게
웃는 삶을 살자고
다짐해 본다.

어버이날

오월이면 생각나는 당신 얼굴
언제나 내 곁에 묵묵히 계셨던 당신
하고 싶은 것, 먹고 싶은 것 없다고 여겼다
통일호 새마을호는 마다하고
비둘기호 무궁화호로
이 딸 저 딸 집을 오르내리시던 당신
차창 밖 구경 오래 하게 되니 더 좋다고,
그러고 보니 "홀" 떠나시길 좋아하시던,
복잡했던 심정들 날려 보내고 싶어서였을까

쉰에 혼자 되신 당신
그 딸 칠순을 넘기고 보니
쉰은 靑春이었네
남자 얘기엔 지나치게 "앤꼽다"고 몸서리치던 당신
내가 왜 못 느꼈을까 "그리움"이란 걸
가버리고 없는 당신
이젠 아무것도 해드릴 수가 없다
오월이면 더욱 그리워지는 당신
우리 언제 다시 만날 수 있을까
어머니!

어머니 얼굴

어머님이 기르시던 질그릇 속 군자란
이미 기르던 이는 먼 여행을 떠났건만
군자란은
해마다 봄의 화신으로 합창한다.

유난히 한 대에 여남은 송이가 함께 피는 군자란
따뜻한 어머님의 얼굴
당당한 어머님의 얼굴
노래하는 어머님의 얼굴

새봄이면
어머님은
힘찬 봄을 맞고, 웃으며 살라고
함박웃음으로 노래한다.

지금도
나는
그 웃음 노래에
어머님 얼굴 그린다.

손자

꼬물꼬물
포동포동
방긋방긋
네 발로 걷다
두 발로 아장아장 걷다가
가벼운 짐 등에 메고 뒤뚱뒤뚱
무거운 짐 메고 이젠 뛴다

학원에서 학원으로 돌아가는 녀석
안쓰럽고 가엾고 귀엽고
그렇게 커 간다

아름다운 꽃을 보고 "아"하고
넓은 바다를 보고 "와"하고
높은 산 숲속에서 "후"하며 심호흡하는
온화한 얼굴에 웃음꽃 가득한
그런 품성으로 자라라.

어머님 병상에서

비가 내린다 부슬부슬 봄도 아닌데
깃털처럼 쇠잔하신
당신 몸. 어머니 내음.

또 다치셨다.

수술실에 계실 동안 내 머릿속은 하얘졌다.
눈물도 없이…
"하느님 좀 더 사시게 해 주소서"
중환자실에 혼자 두고 온 내 가슴엔 빗물이 괸다.

고통도 모르시고 잠자듯 눈 감고
여전히 포근한 어머니 내음

코끝 스치는
또 스친다. 어머니 내음.

병실에서

통제구역 중환자실
아침, 저녁, 삼십 분간 두 번 면회 시간 엄수

침상마다 즐비한 의료기구들
손 발 코 입
줄줄이 연결된 굵고 가는 호스들

돈 명예 지위…
아무런 의미도 힘도
오로지 하늘의 뜻에만

따뜻했던 음성도
언제나 부드럽기만 했던 마음도
아무것도 보이지 않는다

끓는 가래로
전신을 비틀기만 계속
추이推移를 지켜보자는 말만
손이 닿지 않는 멀리에 머문 듯

회색빛 하늘이 어두워진다
굵은 빗줄기 후두둑
병실 문을 나선다.

달빛

은빛 달빛
동백 잎마다 내리비춘다.
꽃은 지고 쓸쓸한 네 가슴
그리움 향한 네 가슴
저 달은 안단다.

하늘은 가을 하늘처럼 높고
내 가슴처럼
시리도록 푸른 달빛
주위는 칠흑
아무도 모르게
너랑 나랑 속마음 열어보자
이 밤이 다하기 전에.

- 작품해설 -

서랍 밖으로 나와
빛을 만나다

지연희(시인. 수필가)

서랍 밖으로 나와 빛을 만나다

지연희(시인, 수필가)

●

2010년 계간 문파문학 신인상 수상으로 수필가와 시인의 길을 걷고 있는 제옥 시인의 첫 시집 『포근한 슬픔』이 세상 속에 생명의 깃을 세워 호흡할 수 있게 되었다. 적지 않은 연세임에도 불구하고 그간 집필해 놓은 작품들을 모아 생명의 힘을 불어넣기 위해 기울여 주신 노고에 경의를 드리지 않을 수 없다. 활발한 문학 활동을 지속하지는 못했지만 어느 날 불현듯 정성 들여 모아놓은 시와 수필들을 확인하면서 그들의 존재에 대한 최소한의 가치창조가 필요한 것은 아닌지 생각하셨던 모양이다. 부산에서 서울로 상경하여 한아름의 분신들을 내게 안겨주셨다. 시인의 가슴으로 탄생되어진 문학작품이라는 이름을 지닌 존재들에게는 독자를 만나는 일처럼 향기로운 일은 없을 것이다. 그들의 이름에 책이라는 의미의 옷을 입히는 일은 당연한 일이 아닐 수 없다. 한 편의 시, 한 편의 수필은 오직 하나의 생명력으로 세상에 머물 수 있는 가치를 지니고 있기 때문이다.

시인의 성품처럼 부끄러운 모습으로 책상 서랍 속에 숨어 있던 83편의 시와 29편의 수필들이 근 10년 가까이 묻혀 있다가 책장

밖으로 나와 빛을 만나게 되었다. 지나친 수식이나 형식의 조탁이 없어 오히려 부담 없는 자연한 감성의 표현이 친근하다. 하여 꾸밈없는 제옥 문학의 발걸음에는 하얀 눈꽃의 순수를 체득하게 된다. 시문학은 구체적 감성의 표현이다. 시인의 감성이 구현해 놓은 소소한 이야기들이 전반에 흐르는 이 시집은 생의 끝에 머무는 황혼의 변주곡이라고 보아도 좋을 것이다. 다소 힘찬 발걸음으로 삶의 의미를 설계하고 있지만, 저무는 황혼의 아름다움이 남은 삶의 빛깔이었으면 기원하고 있다. 그만큼 제옥 시인의 시문학은 진지한 언어의 아름다움을 지니고 있다.

> 깊고 긴 호흡을 내쉰다
> 인어 한 마리 '죽' 나아간다
> 두 손 모으고 두 발 오므렸다
> 숨 내쉬며 '죽' 뻗고
> 온몸을 감싼 물살을 가르고
> 미끄러지듯 나아간다
>
> 이루고 싶은 사랑
> 이룰 꿈
> 감미롭고 부드러운 물살을 가르며
> '죽' 미끄러지듯 나아간다
>
> *swimming*
>
>   – 시 「*Swimming*」 전문

거센 북풍 팔 벌려 안아주고
팔이 휘도록 눈꽃도 피우고
철 따라 갈아입는 옷도
마다하고 언제나 푸른 너
간밤엔 무슨 꿈 꾸었던가

하늘 향해 가슴 벌리고
새봄 맞으려는 너
바람과 어울려 춤도 추고
속삭임 하는, 간밤에
무슨 꿈 꾸었던가

안개 자욱한 이른 봄 새벽
간밤엔 무슨 꿈 꾸었을까
말 없는 널 좋아하는 내가
찻잔 들고 말 건넨다
       – 시 「소나무」 전문

  물고기가 물살을 가르는 일은 앞으로의 전진을 위한 몸짓이다.
현재의 지점에서 미래를 향한 이상향의 정점에 닿기 위한 부단한
노력으로 필사적이다. 시 「Swimming」은 두 손을 모으고 두 발을
오므렸다 숨 내쉬며 죽 몸을 뻗고 온몸을 감싸 물살을 가르고 미
끄러지듯 나아가는 지느러미를 지닌 어류들의 유영을 형상화시
키고 있다. 깊고 긴 호흡으로 꺼진 등불에 불 밝히듯 미래를 향한
지향을 목적으로 하는 이 같은 수중 생명의 유영은 늘 거슬러 오

를 뿐 뒷걸음질 치지 않는다. 시인은 이 같은 이상의 세계를 구현하려는 메시지를 독자의 몫으로 던지고 있을 것이다. 시 두 번째 연에서 구체적 이미지로 제시하고 있듯이 이루고 싶은 사랑, 이루어야 할 꿈들을 동적 이미지로 보여주는데 비장한 각오가 내포된 준엄한 의도가 내장되었다고 읽는다. '이루고 싶은 사랑/이룰 꿈/감미롭고 부드러운 물살을 가르며/죽' 미끄러지듯 나아간다'는 물고기의 사랑법이다. 그러나 결국은 화자의 내면으로부터 꿈틀거리는 이상향의 발효이며 욕망의 분출이다. 감미롭고 부드러운 물살을 가르며 미끄러지듯 나아가는 내일을 향한 꿈이다.

어떤 대상에 대한 궁금증은 관심으로부터 시작된다. 소나무가 간밤 무슨 꿈을 꾸었을까 궁금해한다는 것은 소나무는 이미 한 그루 나무가 아니고 한 사람의 인격체로 꿈을 꿀 수 있는 대상이 되었다는 의미다. 때문에 소나무는 이미 화자의 시선으로부터 포착된 인물의 존재로 들여다볼 수 있어야 한다. '간밤엔 무슨 꿈 꾸었을까' 3연의 구조로 제시하고 있는 시 「소나무」의 속성은 늘 변치 않는 '너'라고 하는 대상과의 조우이다. 거센 폭풍을 막아 팔 벌려 안아주고, 겨울 어느 날 팔이 휘도록 눈꽃도 피워주는 사계절 언제나 푸르른 네 모습에게 전하는 안부이다. '간밤엔 무슨 꿈 꾸었을까'로 투시된 궁금증은 너에게 보내는 그리움이 묻은 조용한 소통이다. 안개 자욱한 이른 봄 새벽, '찻잔을 들고 말 없는 네가 좋아 말을 건넨다'는 너(소나무)에게 전하는 기쁨인 것이다. 말 없는 너를 바라만 보아도 위로가 되는 새 아침이 평화롭게 열리고 있다.

한 줌 손에 든 모래알
모두 흘러내렸다
허공에 뜬구름 잡으려다

감언이설甘言利說에
더 채우려는
헛된 욕심까지

매달려 봐도
빈손만 허우적댄다
가슴 한구석 무너진다

캄캄한
안개 자욱한 가슴
언제나 환해질까
햇볕 쨍한 날
널어 말려보자

           - 시 「어리석음」 전문

눈얼음덩이 아래
초록을 잃고 쓰러졌던 그가
실개천가 언덕배기 파릇파릇 점 찍혔다

한 겹 한 겹 동토의 옷 벗기는 따스한 햇살
대지를 넘나드는 훈훈한 바람

잎끝에 스친다

이른 아침
물 올리는 나뭇가지 푸드득
짹짹 새들의 소란

춤추고 싶은 봄날이다
- 시 「새봄」 전문

　　제옥 시인의 시집을 감상하며 시인의 영혼의 빛깔이 담아내고
있는 의도가 무엇인지 살펴보았다. 비교적 차분하고 조용한 느낌
이 대세를 이루면서도 어딘가 우울하고 고독한, 따뜻한 슬픔 같은
것을 느낄 수 있었다. 위의 시 「어리석음」에서 내포되어진 믿었던
사람에 대한 배신(감언이설)의 절망에서 오는 두려움처럼 제옥
시의 실루엣은 순백의 목련꽃처럼 맑고 순연하다. 스스로 어리석
었음을 깨우치게 되는 시 「어리석음」은 '한 줌 손에 든 모래알/모
두 흘러내렸다/허공에 뜬구름 잡으려다'라는 도입부 3행의 후회
와 이를 극복하려는 의지가 역력하다. 누군가 들려준 감언이설에
속아 지녔던 것이 다 빠져나가고 잃어버린 '모래알'의 아픔을 쥐
고 있다. 하지만 결국은 매달려 봐야 빈손만 허우적거릴 뿐 가슴
한구석 무너지는 아픔임을 확인하고 있다. 나아가 '캄캄한/안개
자욱한 가슴/언제나 환해질까/햇볕 쨍한 날/널어 말려보자'는 치
유의 의지로 일어서고 있어 내일을 내다보게 한다.
　　시 「새봄」은 봄의 왈츠를 감상하듯 매우 경쾌한 리듬을 타고 있

는 언어들과 만나게 된다. 춤추고 싶은 봄날의 환희를 감각적 필
치로 그려내고 있다. '눈얼음덩이 아래/초록을 잃고 쓰러졌던 그
가/실개천가 언덕배기 파릇파릇 점'으로 찍힌 새 생명의 돋아 오
름은 그리스도의 부활처럼 경이롭다. 마치 생명의 힘을 잃어버
린 한 사람이 얼음덩이 밑에서 움츠리고 있다가 깨어나는 기적을
만나는 신비처럼 쓰러졌던 그(초록잎)의 존재를 확대시키고 있
다. '한 겹 한 겹 동토의 옷 벗기는 따스한 햇살'의 가치도 주목하
게 한다. 겨우내 꽁꽁 얼어붙은 동토의 옷 위에 내리는 따스한 햇
살의 손길이야말로 거룩한 이의 은총처럼 은혜롭게 존재한다. 그
리하여 열리는 봄날의 세상은 생명 있는 존재들이 궁극적으로 가
닿아야 할 낙원이거나 극락정토가 아니겠는지 싶다. 시인은 하여
'춤추고 싶은 봄날이다'라고 한다. 더 이상의 아름다움이 없을 듯
한 세상 속에 머물게 되는 기쁨이다.

> 흰 꽃구름 떴다
> 실바람에도 하늘거리는
> 맑디맑은 꽃잎
> 해맑은 네 얼굴 눈이 부신다
> 살랑거리는 바람의 손끝으로
> 수줍음 타는 아카시 꽃
> 꽃향기 날린다
> 네 향에 취하고
> 하늘거리는 교태에 빠져
> 넋을 놓고 서 있다.
> 　　　　　　　 – 시 「아카시 꽃」 전문

감나무에
초롱 등 매달렸다
하얀 꽃 등불 켰다

한줄기 장대비
감나무 밑에 흰 꽃밭 이루었다

아이는 바구니 가득 채운다
실에 하나, 둘 꿰인 감꽃을

하이얀 화관 쓰고
새하얀 목걸이에
흰 꽃바구니 들고

사뿐사뿐 걸어간다
                    - 시 「감꽃」 전문

　자연의 아름다움으로 인간의 삶의 가치는 지루하거나 나태하
거나 혹은 절망 속에서 싱그럽게 깨어날 수 있다. 특히 그 대자연
의 웅대함 속 티끌처럼 존재하고 있는 사람들에게 자연은 그대로
심신을 맡길 수 있는 안식의 대상이다. 그중 계절에 따라 꽃이라
는 이름으로 시각을 감흥으로 열어주고, 촉각을 가슴으로 만지게
하거나, 후각을 열어 향기로 취하게 하는 대상들을 바라보면 조
물주의 섭리에 경탄하지 않을 수 없다. 시 「아카시 꽃」이나 시 「감

「꽃」은 시인의 특별한 정서로 끌어올린 감성의 표현이다. 흰 꽃구름이 허공중에 '떴다'라고 하는 아카시 꽃 질량의 정도를 꽃구름으로 재단하고 있는 시 「아카시 꽃」은 실바람에 하늘거리는 맑디맑은 꽃잎, 해맑은 네 얼굴, 수줍음 타는 모양으로 넋을 놓게 한다는 것이다. 하늘거리는 교태야말로 넋 놓고 서 있지 않을 수 없는 아름다움으로 존재한다. 가을빛의 대명사라고 불러도 좋은 결실의 열매인 가지 끝 붉은 불꽃은 그대로 가을의 꽃이다. 그러나 이 가을의 상징적 열매의 시작은 늦은 봄 가지 가득 꽃의 이름으로 물었던 감꽃으로부터 시작된다. 시인의 감성이 구조한 '감나무에 초롱 등' '감나무에 하얀 꽃 등불'이 불을 밝히고 있다. 어린 시절 감나무 밑에 떨어진 감꽃을 바구니에 주어다 실에 꿰면 '하이얀 화관'이 되고, '새하얀 목걸이'가 되었다. 흰 꽃바구니 들고 사뿐사뿐 걸어가던 동심의 그 날을 회억하게 하는 아름다운 추억이다.

　　　나뭇잎에 곱게 단풍 든다
　　　낙엽 되어 그네 탄다
　　　낙엽이 보도 위를 뒹군다
　　　쌓인 낙엽이 발아래서 바스락거린다

　　　인생의 황혼기에 서서
　　　삶의 아름다움을
　　　노래하고 싶어진다

　　　새봄엔 힘차게 돋아날 새순이
　　　푸르름으로 풍성해질 널 기다려 보련다

낙엽을 밟으며.

- 시 「낙엽을 밟으며」 전문

째각째각 또박또박
종종걸음 째각째각

철벅철벅 동동걸음
끝없이 날 쫓고 있는 너
어느 순간 나도 널 쫓고 있다
동거동락한 너와 나
떠밀고 밀려온 순간들
시간의 흐름은 나의 영혼
째각째각 뚜벅뚜벅
시간의 흐름은 나의 세월

- 시 「자화상 1」 전문

　단풍은 황혼의 절정을 물들이는 생명 존재의 문을 닫는 최후의 눈부심이다. 이 아름다움을 장식하기 위하여 나무는 온몸으로 가을빛을 버무리고 잎새마다 붓을 들어 채색하는 것이다. 떨어져 내리는 아름다움을 위하여 준비하는 나무의 배려, 때문에 가지 끝 허공을 맴돌다 보도 위에 낙엽이라는 이름으로 바스락거리며 뒹구는 나뭇잎 하나의 쓸쓸함이 그토록 아름다운 것이다. 시인은 시 「낙엽을 밟으며」에서 '인생의 황혼기에 서서 삶의 아름다움을 노래하고 싶다'는 의지를 표명했다. 아름다운 소멸은 새로운 봄을 기약할 수 있는 까닭이다.

　너와 나는 함께 걷는 동반자이다. 내 삶을 경영하는, 나의 삶의 역사가 흐르는 시간과의 동행인 것이다. 시 「자화상 1」은 시간 속에서 읽는 내 삶의 흐름을 짚고 있다. '째깍째깍 또박또박/종종걸음 째깍째깍' 시간의 흐름을 재는 청각적 이미지의 이 언어는 또박또박 여유로운 걸음의 일상을 보여주다가, 종종걸음으로 시간에 쫓기고 있는 일상을 그려내고 있다. 삶은 언제나 또박거리기도 하지만 때로는 종종걸음으로 분주히 쫓기지 않을 수 없게 된다. 생의 모든 편린들은 시간 위에 놓여진 각자의 삶으로 경영되어지는 까닭이다. 그러나 시간이 끝없이 날 쫓고 있다는 생각은 어느 순간부터 나도 시간을 쫓고 있다는 생각으로 바뀌게 된다. 젊음의 시간 속에서는 시간에 쫓겨살다가, 나이듦의 시간 속에 머물고부터는 내가 시간을 쫓아내고 싶어 한다. 밀려오고 떠밀고 있는 시간과의 동거는 세월의 흐름이다. 시 「자화상 1」은 젊음의 시간으로 시작된 삶의 흐름을, 나아가 나이듦의 시간으로 맞이하고 있는 세월의 흐름을 삶의 의미로 극명하게 짚고 있다.

　　　오월의 녹음은 스무살 청년이다
　　　산에도 들에도 쏟아 놓은 녹음
　　　위풍도 당당한 빛나는 청춘이다
　　　맘껏 뽐내고 한껏 누려라
　　　오월의 녹음은 청춘을 노래한다
　　　　　　　　　　－ 시 「녹음綠陰」 전문

단비가 내린다.

먼 바다는 바로 앞까지 자욱하다

교각 위 차들은 아스라이 사라진다.

가끔은 두 눈을 부릅뜨고 달아난다.

배 한 척 항구로 들어온다.

바람 부는 넓은 바다

만선일까

열린 차도

꼬리에 꼬리를 문 차

달리다 서다 반복이다.

윈도의 브러쉬는 가쁜 숨을 내 쉰다.

정지된 바다 바다는

아직도 희뿌옇다.

- 시「안개 2」전문

   시인의 시선이 머무는 곳은 한 시대의 삶의 역사가 조명되거나 한 개인의 사소한 삶의 의미가 클로즈업되기도 한다. 시「녹음綠陰」에서 독자에게 던지는 메시지는 어느 정도 인생의 깊이를 섭렵한 인물이 전하는 '스무 살 청춘'을 향한 사려 깊은 당부이다. 위풍당당하게 빛나는 청춘의 스무 살 오월 녹음은 마음껏 뽐내고 한껏 누려서 젊음을 만끽하라는 기대이다. 주어진 시간은 머물러 주지 않고, 맞이할 시간은 순간에 지나가 버리는 까닭이다. '오월의 녹음은 스무 살 청년이다/산에도 들에도 쏟아 놓은 녹음/위풍도 당당한 빛나는 청춘이다/맘껏 뽐내고 한껏 누려라/오월의 녹음은 청춘을 노래한다'는 녹음의 예찬이다. 젊음의 시간처럼 값진 유산은 없다. 시인이 들려주는 스무 살 청춘에게 전하는 메시지는 다시 돌아오지 않는 황금보다 귀한 시간의 소중함을 깨우치게 한다.

시 「안개 2」는 부산 앞바다 풍경을 배경으로 그려내고 있다. 부산을 근거지로 둔 시인의 정서가 묻어나는 이 시는 광안대교를 중심으로 그려낸 그림이라고 생각했다. 차량 안에서 내다본 먼바다는 눈앞까지 안개가 자욱하고 교각 위 차들은 아스라이 사라지는데 가끔 어떤 차량은 두 눈 부릅뜨고 달아나기도 한다. 객관적 시선으로 묘사하고 있는 바다와 다리와 다리 위의 차들이 시인의 시각에서 존재의 숨을 쉬고 있다. 항구로 들어오는 고깃배 한 척 '만선일까' 궁금증도 더하며 정체된 교통체증의 행렬 속에 기다림으로 서 있는 시인을 만날 수 있었다. '꼬리에 꼬리를 문 차/달리다 서다 반복이다/윈도의 브러쉬는 가쁜 숨을 내쉰다'는 정차된 차량의 행렬에 끼어 사색하는, 안개 자욱한 다리 위 토막 난 편린들이 오히려 한가롭다. '정지된 바다 바다는/아직도 희뿌옇다'는 부산 앞바다의 고즈넉한 풍경이 가슴 가득 안겨 온다.

시인이며 수필가인 제옥 시인의 시집 『포근한 슬픔』을 감상하며 아직도 수줍음 많은 시인의 감성을 다 담을 수 없는 아쉬움 속에서 작품 읽기를 마무리한다. 시인의 나이를 거론한다는 그 자체가 실례일 수 있겠지만 머지않아 팔순의 나이를 살고 계시면서도 마음결이 여전한 소녀를 닮아 매사에 부끄러운 표정을 짓는 모습을 발견하게 된다. 때 묻지 않은 원형의 순수가 살아 있는 시인의 마음 밭을 발견할 수 있었던 좋은 기회였다. 한꺼번에 시집과 수필집을 한 쌍으로 출간하는 그 열정으로 보면 강인한 정신력으로 의지를 키우는, 노력하는 작가라는 생각을 하게 된다. 더 큰 시인의 길에서 큰 재목으로 성장해 주시기를 기대하며 축하드린다.

표류한
슬픔

고요한
슬픔

제옥 시집